Instants volés

Marie-Odile Viruega

Instants volés

Recueil

LE LYS BLEU
ÉDITIONS

ISBN : 979-10-377-8230-4

Préface

C'est un plaisir pour moi et un honneur d'écrire ces quelques lignes en préface au livre de Marie-Odile Viruega.

Il y a des évènements qui font chavirer nos vies.

Des espaces infimes en Soi qui deviennent en quelques secondes des points de bascule.

Ces points de bascule sont gardés en secret dans les mémoires de nos corps, dans nos esprits et dans nos cœurs.

Lorsqu'ils se sont inscrits en nous, surtout ceux qui sont plutôt côté tristesse, nous étions bien loin de les accueillir dans l'ouverture, et pourtant ils sont une empreinte indélébile et ont construit nos histoires.

Bien des années après, ces empreintes, ces points de bascule deviennent des traces indélébiles, comme des cicatrices que nous aurions parfois mises en valeur ou tenté d'effacer avec un peu de chirurgie esthétique.

Des évènements que nous bénissons le plus, ou que nous redoutons encore. Des évènements qui ont œuvré en silence ou dans un vacarme assourdissant à nous amener vers notre désir le plus ardent, le plus inconscient, celui d'aller vers la réanimation de notre feu intérieur, de la joie authentique en Soi.

Derrière chaque point de bascule se dissimule un visage du bonheur ou un visage de tristesse qui nous apprend combien la vie est précieuse.

Ces visages sont nos faces cachées, nos jardins secrets qui ne se révèlent véritablement que lorsque nous sommes en quelque sorte au pied du mur.

Nous savons tous qu'ils existent. Peut-être par pudeur nous les cacherons aux autres, mais nous ne pouvons les cacher à nous-mêmes.

À la lecture de ces textes, vos points de bascule vont vibrer parfois si fort que vos larmes vont couler. Les mots sont des fenêtres vers nos faces cachées. Ces textes sonnent tellement juste, sont tellement profonds et légers à la fois. Ils racontent nos histoires secrètes, celles que nous ne dévoilons presque jamais. Cela parle de nous, de chacun de nous, car cela parle d'Amour, de peine, d'enfants, d'échec, de folie, de peurs, de tremblements du cœur, d'abandon, de regrets, de plaisirs et de joies…

Marie-Odile est une passionnée de tout, et de tout ce qui a trait à l'humain.

Seule une femme courageuse, sensible et talentueuse pouvait oser dévoiler ses propres points de bascule. Ces textes sont pétillants tout comme elle et renferment un humour sautillant et presque enfantin qui fait un bien fou aux illusions de sérieux que sont nos épreuves de vie.

Son message est profond, il parle des risques que l'on prend à rester immobile dans notre vie. Comme l'arbre qui cache la forêt, il est difficile dans une vie de mesurer les bienfaits que vont amener des changements de vie.

Marie-Odile a su mener ces changements, au péril de ses larmes parfois qui traversent les lignes imaginaires de ses pensées, elle nous montre un chemin de défis tendres et intenses où l'ennui n'a pas sa place.

Il est délicat d'écouter dans son cœur l'écho de ses maux et de les transformer en mots. Marie-Odile a su faire cela avec cette poésie des gens qui se racontent. Inventer, copier ou interpréter, de ces trois manières d'écrire, Marie-Odile a choisi la voie du réel en Soi. De ses véritables expériences de vie, elle en a reproduit, parfois trop fidèlement peut-être, la nostalgie si présente, à ceux qui savent ce qu'est perdre une personne, une chose, un pays.

Les textes qui suivent, j'espère, vous transporteront comme ils m'ont transporté vers la poursuite du temps perdu qui ne ressurgira jamais. Une plongée sentimentale accrochée à nos mémoires et au temps qui passe, à l'Amour, la jalousie, l'estime de Soi, à cette quête d'identité, aux passages des âges de la vie, à toutes nos personnalités nouvelles qui s'éveillent et à leurs nombreuses facettes. La recherche de la beauté et de la simplicité nous fait goûter, parfois tambour battant, tant aux éclats de rire qu'aux éclats du temps…

Au fil de la lecture de ces textes, je me suis demandé comment Marie-Odile était parvenue à former ce style si particulier, elle est surprenante, et comment a-t-elle su s'affranchir des limites de l'intime, des phrases qui ont un sens certain, pour donner vie à des phrases qui sont le sens certain de l'ouverture vers d'autres horizons.

C'est sans nul doute que Marie-Odile s'est autorisée à faire vivre la joie saupoudrée de plaisirs pour ajouter ces ingrédients à celui qui tisse en secret tout le fil de ces textes, l'Amour. Ce mélange entre nostalgie, joie et Amour met en mouvement celui qui lit de façon délicate et bien mystérieuse, et réanime nos mémoires enfouies.

Bien au-delà de ces quelques textes où Marie-Odile se raconte, c'est tout le fil de sa vie qu'elle nous offre, de ses moments les plus intenses aux plus curieux et surprenants. C'est parfois vertigineux, vous lirez et vous vous ressentirez comme dans un manège, à la fête foraine, dans le grand huit bien sûr, vous glissez dans des chutes de textes comme nous glissons dans une chute de rein qui nous laisse parfois comme elle dit « sur le cul » !

Vous ne vous attendrez pas à la lecture des textes de sa vie, de reprendre en secret la lecture de votre vie. À ce que les personnages de mère, maman, fille, amante, femme, homme, enfant, fils, belle-fille et belle-mère… vous incitent à vous revisiter dans votre propre vie… Des réflexions feront jour en vous bien longtemps après la lecture de ces textes. Comme toute œuvre, le temps est nécessaire, lire et relire pour rechercher ce qui n'est pas visible à la surface, mais qui de la surface vous aspire dans votre propre profondeur.

Je vous souhaite un voyage drôle, de frôler la folie de ces mots parfois tendres, parfois doux, parfois durs ou courageux et d'oser, à partir de la surface de ces mots, plonger au-delà d'eux dans l'au-dedans de vous…

Merci Marie-Odile.
Avec toute ma bienveillante douceur et mon Amour…

Sophie Hardy
Hypnothérapeute
Auteure et conférencière
Fondatrice de l'egothérapie

Les mots

Des mots pour la guerre
Des mots pour la paix
Des mots pour l'amour
Des mots pour quitter
Des mots pour pleurer
Des mots pour rire
Des mots pour gronder
Des mots pour consoler
Des mots pour insulter
Des mots pour adorer
Des mots pour blasphémer
Des mots pour prier
Des mots pour blesser
Des mots pour panser
Des mots, des mots, des mots…
Rien que de mots…
Des mots non-sens
Des mots double sens
Des milliers de mots
Des mots images
Des mots couleurs

Des mots douleurs
Des mots bonheurs
Des mots que l'on connaît
Et ceux que l'on découvre
Les mots non dits
Les mots trop dits
Les mots d'une phrase
Que l'on s'amuse à déplacer
Au gré de l'intention
De la ponctuation
Le mot qui fait mouche
Celui qui fait moucher
Et il y a le mot,
Celui qui n'a pas d'âge
Le mot de tous les peuples
Le mot que l'on crie
Le mot que l'on pleure
Le mot du désespoir
Le mot de l'espoir
Le premier mot
Le dernier mot… Maman

Déception

Cette nuit-là, Michel Ange
Avait peint la lune en orange

Le peintre s'était surpassé
Pour ce rendez-vous insensé.

Mais qui l'avait informé
De ce moment secret ?

L'homme effleure ma main glacée
Pour un carré d'ambre y placer

Sur mes lèvres un goût de gingembre
Pour une belle soirée de septembre

J'y ai cru
La lune crut

Elle est descendue
Je suis restée sur le cul

Papier de soi

Rythmique des mots
Douceur du regard
Sourires suspendus
Cascades de rires
Effleurement…

Mon cœur hagard
Retenu…

Mon cœur qui bat
Envie… inquiétude
Doucement…

Mon cœur encore plus fort
Chaleur de ses mains
Son souffle m'emporte
Plus qu'un corps qui bat
Contact…

Frisson…
Souplesse des corps qui se dévoilent
Je m'abandonne…

La sieste

Sa chaleur, notre sueur,
Mon regard attendri
Ça ressemble au bonheur
Plonger dans l'oubli
Surtout pas de bruit
Préserver la tiédeur
De cet homme endormi
Et graver dans mon cœur
Cet instant béni
Où son esprit boudeur
A, bien malgré lui,
Cédé à cette torpeur
Qui détend par magie
Son beau visage de baroudeur

Jalousie

Je sais sa douceur
Je reconnais ses peurs
Je connais cette lueur
Qui vient des profondeurs
Quand il parle en prédateur
De ses conquêtes passées
Et de celles à venir

Je hais alors ma terreur
Les battements de mon cœur
Et cette indicible douleur
Que je sens avec horreur
M'envahir de l'intérieur
Et à mon esprit un instant délaissé
Je fais appel pour ne pas souffrir.

Comptine

1, 2, 3
Nous irons au bois
4, 5, 6,
Cueillir des cerises
7, 8, 9,
Dans mon chapeau neuf.

1, 2, 3,
Il m'impose sa loi
4, 5, 6,
Je suis sous emprise
7, 8, 9,
Sentiment tout neuf.

1, 2, 3,
Il est aux abois
4, 5, 6,
Je n'suis pas soumise
7, 8, 9,
Effet bœuf.

1, 2, 3,
Il n'est plus mon roi
4, 5, 6,
Il parle de traîtrise
7, 8,9,
Je n'suis plus sa meuf.

1, 2, 3,
Il reste pantois
4, 5, 6,
Solitude exquise
7, 8, 9,
Je vais faire la teuf.

Ma maison

Comme un diamant dans un écrin de verdure
En passant un jour, je t'ai aperçu
Entre les feuilles de deux chênes luxuriants
Tu étais là, villa « La Tulipe »
Pierres jaunes, briquettes rouges, belle soulacaise
Tu étais comme dans mes rêves les plus fous
L'océan comme un opéra chantait en fond
Et moi, j'ai craqué…
Pour toi je m'oublie
Pour toi je suis en sursis
Pour ces jours passés entre tes murs
Ces moments de bonheur fugaces
Tu m'obsèdes
Ma maison, mon antre, mon rêve,
En secret, entre tes murs protecteurs,
Je pleure, je ris, je danse,
Loin de la folie des hommes, de la ville,
Tu es mon jardin secret, ma force, ma faiblesse,
Mon combat quotidien.
Ici, les rires des enfants résonnent
Dans la douceur océane

Rêve inavoué d’une retraite dorée,
Je t’ai dans la peau.

Balade sur la plage

La maisonnée dort encore, sur la pointe des pieds, elle sort
Marche seule vers la plage, quelques centaines de mètres à peine
L'océan est juste là, il faut passer la dune d'abord
Les sandales à la main elle s'engage sur le chemin de caillebotis qui y mène
Sur sa gauche les épis rocheux, tout au bout se dresse le sémaphore
Le sable encore chaud crisse sous ses pas
La brise marine lui caresse le visage
Dans son dos le soleil se lève lentement sur la dune angora
Elle sent sa chaleur sur sa nuque, son dos à travers son corsage
Il illumine l'écume des vagues vaporeuse
Qui glissent et s'allongent sur le sable mouillé
Caressant ses pieds nus de leur écume blanche si lumineuse
Elle marche à la limite de l'eau, suit la dentelle dépouillée
Elle court, saute, s'arrête, repart, se surprend à rire aux éclats
Joue avec le voile d'eau qui s'étire sur le sable
L'eau fraîche effleure ses pieds nus, les recouvre d'un drap
Immobile, elle les observe s'enfonçant lentement, sensation agréable
Le tourbillon d'eau autour de ses chevilles l'emprisonne

Elle a 30 ans, 20 ans, 10 ans… frissonne…
Elle reprend sa marche solitaire, cherche les galets blancs
Choisit ceux qui, bousculés par l'océan, sont tout lisses
Les ramasse consciencieusement puis les glisse dans les poches de son short
Elle les retrouvera dans un sac, une boîte, un vase… vieux complices
Elle regarde l'océan, observe le rythme des vagues, anticipe le corps à corps
Ressent cette envie impétueuse de se glisser dans l'eau fraîche
Elle ôte ses vêtements, les pose délicatement sur le sable chaud
Glisse dans la fraîcheur océane, nage sur le dos, souffle sur une mèche
L'eau froide sur son corps efface les rides, les peines, les maux
Son cœur s'emplit d'un immense bonheur
Sur le dos, elle observe le ciel, invente des formes aux nuages
Elle ne sortira qu'en ressentant sur son corps la froideur
Ruisselante, elle s'offre au soleil, elle n'a plus d'âge
Puis elle ramasse ses vêtements, remarque les premiers promeneurs
Elle rentre par le même chemin, posant ses pas dans les traces presque effacées
Le chemin de caillebotis, la route, la maison, les volets ouverts prometteurs
De café chaud, de pain frais grillé, de beurre salé sur une table dressée.

Un matin comme un autre…

Allongée sur son lit
Dans la chaleur de la nuit passée seule
Les rayons d'un doux matin de printemps
Lui caressent le visage
Les volets restés ouverts
Lui dévoilent un ciel bleu
Elle s'étire en grognant
Elle est songeuse, encore endormie
Le pied qu'elle pose sur le tapis douillet
Profite de cette douceur sensuelle
Avant d'être rejoint
Les chevilles sont encore fines
Mais on devine les veines sous sa peau
Elle se lève enfin
Remonte la bretelle de sa nuisette de soie
Qui s'est glissée sur l'épaule tatouée
Trois papillons
Symbole de sa chrysalide
Elle croise son image dans le miroir ancien
Accroché à son mur pour ne pas oublier
D'un œil attendri

Elle observe sans ciller
Son visage vieillissant
Les rides de son cou
Ses prunelles qui se voilent
De ces années passées
Elle caresse son ventre
Et sent la peau qui se distend peu à peu
Elle regarde ses cuisses
Et n'ose imaginer
Un homme les caresser
Pudeur insensée d'une femme vieillissante
Qui n'ose pas compter
Le nombre des années…

Chieuse ou pas chieuse… ?

Je choisis sans hésiter chieuse
Chieuse :
« je ne veux pas », capricieuse ?
« Je n'ai pas envie », chicaneuse ?
Envieuse, baratineuse, bagarreuse…
Cap' ou pas cap' ? « oseuse »
Moi je vis…
Je me fous de ce que l'on pense de moi, crâneuse ?
Je me fous de choquer, flagorneuse ?
Je me fous de bousculer, déranger, gouailleuse ?
Je vis…
Bien ou mal
ça m'est égal
Je suis là, plantée, ancrée ou ballottée
Je regarde le monde, observeuse ?
Je me fous de demain, d'hier,
Je vis tout simplement ?
Larguée ? Belliqueuse ? Bonimenteuse ?
Si tu veux…
Je m'insurge, boudeuse
Je vis, libre, aventureuse

Heureuse ou malheureuse
Peu importe, je prends,
Un instant, un moment…
Bienheureuse d'être tout simplement.
On m'aime… tant mieux
On ne m'aime pas… tant pis
De toute façon, « on » est un « con »
Mais dis-moi toi qui m'aimes
Qu'est-ce qui te fait dire que « je suis une chieuse » ?

Dis-moi la vie…

Dis-moi la vie
Que me réserves-tu
Turlututu… chapeau pointu
Ah ! Tu souris la vie

Elle m'a dit « travail »
Vaille que vaille
J'ai ouvert l'éventail
J'y ai mis mes entrailles
Sans discernement… représailles

Elle m'a dit « effort »
Je l'ai fait de plus en plus fort
À travers et à tort
Je n'ai pas ménagé mes efforts
Alors de fatigue je m'endors…

Elle m'a dit « sobriété »
Mes habits de lumière j'ai quittés
J'ai choisi mes amitiés
Oublié toutes les inimitiés
Pour trouver la liberté

Mais dis-moi la vie
Il est où le chemin ?

Eh ! Petit scarabée
Au lieu de m'écouter bouche bée
As-tu bien relu tous tes cahiers ?
Avant de monter l'escalier
Sais-tu où tu veux retomber ?

Rêveries

Mon regard se pose
Quelque part… loin si loin
Vers un ailleurs
Dont j'ai rêvé si fort
Que je m'y suis imaginée
Un paradis, mon paradis…
Trop de romans lus
Trop de paroles crues
Trop de rêves déchus
Alors… un jour…
Je partirai vers cet ailleurs
Voyageuse sans bagage
Laissant des traces sur le sable
N'emportant avec moi
Que mes souvenirs les plus doux
Vers cet ailleurs rêvé
Peuplé de fruits bien mûrs
Dégoulinants de jus sucré
De fleurs épanouies
Aux parfums envoûtants
De chants d'oiseaux lyriques

Aux paroles de miel
Mon chemin sera fait
De mousses douces à mes pieds
Mon horizon luira
De vers luisants dorés
Et là-bas loin si loin
De la colère des hommes
Je chanterai les louanges
Comme un secret aux anges
De cet homme que j’aime

Il pleut…

Au loin le son de la cloche de l'Église
Qui sonne huit heures
Je devine plus que ne sens
L'odeur si particulière du goudron chaud
Sur lequel s'écrasent les gouttes d'eau
Dans une éclaboussure
Qui mouille les chaussures
Et ramène la vie sur une terre desséchée
Par un été brûlant
Le tonnerre gronde,
Mais contre qui cette colère ?
L'eau tambourine sur les fenêtres mi-closes
Glisse en épaisses coulures
Le long des vitres salies par la poussière de la rue
Pour finir en petites flaques fraîches
Sur le parquet ciré de ma chambre
Souvenirs d'enfant qui ressurgissent
Me projetant sans préavis
Dans la maison de mon enfance
Lors de nos retours d'Afrique
Dans son alcôve blanchie

Éclairée par les phares de la voiture
La vierge qui nous accueille
Juste avant les retrouvailles
Puis les sourires éclatants de joie
Embrassades et accolades…
Le tonnerre s'éloigne,
Il gronde maintenant sans conviction
La pluie s'est arrêtée
Les gouttières se vident dans un bruit de cascade
Reste l'odeur… de goudron mouillé
Mêlée à celle du café au lait
De l'Antésite fraîche par une journée d'été
Bonheur inexplicable
De ces moments intenses
Qui réveillent en nous
Les souvenirs les plus doux

Moi…

Enfant
Plongée dans mes romans
Je rêvais d'amitiés éternelles
De voyages universels

Adolescente
Pleine d'innocence touchante
J'espérais la rencontre incandescente
La passion bouillonnante

Femme
Rêves brisés du prince charmant
Me laissant avec trois enfants
Les bras ballants

Mère
Apprentissage douloureux
Comment faire d'eux des hommes heureux
Épanouis et valeureux ?

Maman
Douceur du mot comme un aimant
Jour après jour sans jugement
Être permanent

Maman encore
Des conseils, j'en ai pléthore
Des jugements, ils n'ont pas tort
Des larmes, j'en ai encore

Maman toujours
Maman un jour… maman toujours
À la seconde où la première frimousse a vu le jour
J'ai su qu'ils seraient mon seul et unique Amour

mathieu
ludovic
david

Paradis perdu

Du plus profond de ma mémoire
Des images me reviennent
Des chants résonnent
Des sanglots me submergent
Le bruit des sabots des chevaux
Les cris perçants des guerriers
L'excitation insensée du combat proche
L'odeur du sang, celui de notre peuple
Qui coulera en vain pour notre liberté
Les femmes sont à la rivière
Elles entendent les cris de ralliement
Elles accourent de toute part
Des enfants accrochés à leurs jupes
Elles regardent apeurées en silence
Leurs hommes aux couleurs de guerre
Leur silence hurlant face à l'agitation
Qui dit la peur dans leurs entrailles
Je sais…
Elles savent qu'ils ne reviendront pas tous
En secret, je prie « qu'il revienne, mon homme »
Mon chef si vaillant, toujours en tête

Je vois de loin, ta coiffure de plumes
Ton bras levé tenant ta lance victorieuse
J'entends ton cri de guerre puissant
Un regard, j'attends un regard de toi
Notre dernier regard avant le départ
Comme une promesse de retour
Tu sais où je me poste pour ce rituel
Je sers contre moi notre enfant
Notre petite fille
Toi l'homme de paix et de dialogue
Tu m'as dit tout à l'heure en secret
« Je n'ai pas le choix,
Mon devoir est d'aller combattre le danger
Mon devoir est de protéger mon peuple
Mon devoir est de vous protéger »
Enfin tu te retournes
Ton regard jaune me transperce
Il me dit « attends-moi, je reviens »
Tu tiens toujours tes promesses
Tu es revenu
Porté par tes guerriers silencieux
Ils t'ont déposé à mes pieds
Tes yeux étaient fermés
Ta poitrine transpercée
Snake Eyes était ton nom
Les Apaches ta tribu
Lune de Soleil ta femme

Premier rendez-vous

Deux coups légers frappés à ma porte,
J'ai posé sur mon visage
Le masque de mon choix
Ainsi protégé
À l'abri du moindre coup
De cœur
De pied
J'ouvre et la devine
Petite chose grise
Toute recroquevillée
Sous le poids de son passé
Que s'est-il donc passé
Pour éteindre ainsi
Un regard si curieux ?
Un sourire se dessine
Sur un visage sans trait
Je devine ses dents
Comme une rangée de perles
Très vite cachées
Par des lèvres
Qui nous laissent penser

Qu'elles ont pu être sensuelles
Et gourmandes
Avant que des rides
Comme une histoire écrite
Ne s'imposent et éteignent
Tout désir
Tout rire
Et nous fassent oublier
Qu'elle a été heureuse…
Peut-être un jour
Une heure
Une minute
Une seconde
Si vite oubliée
Mais que n'aurais-je donné
Pour assister transis
À son bonheur fugace.

Deuxième rendez-vous

Deux coups légers frappés à ma porte
Elle est ponctuelle
Elle prend l'escalier
Je ne l'entends pas
J'ouvre la porte
Elle me sourit
Et dans ses yeux rieurs
Un voile s'est levé
Elle entre
La poignée de main
Est plus ferme
Je sens son parfum léger
Qui entre avec elle
Mélange de fleurs et d'agrumes
D'un été enchanteur
La démarche est féline
Je la suis
Elle connaît le chemin
Sur un mot
Elle rit
D'un rire retenu

J'entends dans ce rire
Une joie contenue
Une fraîcheur enfantine
Comme un verre de grenadine
Sur lequel perle des larmes de rosée
Elle me laisse entrevoir
Les fous rires à venir
Et je devine alors
Quelle amie elle sera…

Tic tac…

Tic tac… tic tac
Fait mon cœur en vrac
Toc toc… toc toc
Mes idées de plastoc
Tic… tac
Tout est en vrac
Tic
Comme un élastique
Tac
Elles me reviennent… matraque
Aïe… aïe tout se détraque
Mon projet patatrac…
Alors comme Loïc
Idée fantastique…
Image de couleurs plastiques
L'enfance comme le ressac
Me projette la main dans l'sac
… Rempli de carensac

Mais dis-moi tête à claques
L'avait-il prédit ton zodiac
Tous ces couacs ?

Date de péremption

Chacun de son côté
Nous nous sommes éloignés
Portant bien emballés
Comme d'une charge lestée
Nos souvenirs abîmés
Par tant de rancœur ressassée
Oubliant avec le temps passé
Toutes les joies partagées
Tous les moments sacrés
Ces liens entrelacés
Que nous avions tissés
À la force des années
À force de nous aimer
Ne plus nous regarder
Ne pas nous écouter
Simplement nous laisser
Glisser sans résister
Dans des gestes répétés, répétés, répétés…
Coupables d'avoir tué
Un amour encensé

Dédicace à un être spirituel

Cela reste bien entendu confidentiel
Une image s'impose… tourterelle
Puis elle s'envole
Je la suis, fil circonstanciel…
Elle débite une ritournelle qui m'envoûte… Rrrou…
Rrrrou… Rrrou…
Je me retrouve au ciel
Qu'elle jolie rime que ciel avec Michel
Je l'écoute, ses mots comme des coups de pinceau…
Me dessinent un arc-en-ciel
Quel talent ce Michel…
Il pousse délicatement un galet du bout de sa chaussure
Terre, violet, indigo, bleu… vert et jaune, orange, rouge…
Coucher du soleil au bord du paradis… Marelle
C'est ça… je parle, je pleure, je râle…
Il pousse le galet, m'apaise, me calme
Pour finir au paradis dans un éclat de rire
Cet être confidentiel joue à la marelle sur un arc-en-ciel
Me prend par la main,
Il m'emmène, il m'entraîne, me bouscule,
Nous chatouillons les étoiles,

Bousculons les planètes,
Je plonge dans l'océan de ses yeux… Marie-Océan,
Qui me renvoient la ponctuation de ma vie
Comme une fenêtre sur le soi
Il réveille l'envie de fraises Tagada, carambar, barbe-à-papa
Repousse les frontières de mes barrières
Réveille les maux inavoués
Manque de mots pour le dire
Tant de mots pour Michel
Ciel, caramel, confidentiel, ritournelle, tourterelle, arc-en-ciel…
Des mots joyeux, des mots de vie, des mots qui chantent…
OK… OK…
« Tu parles d'arc-en-ciel, de tourterelle, de marelle, de ciel… c'est bien joli tout ça…
Mais il est où le cœur caramel de Michel ? »
« Pas trouvé, pas touché, égratigné, il est bien caché, enrobé, calfeutré…
Je n'ai pas la clé »

Merci…

Pour cette phrase qui m'a portée :
« On pourrait… tous les deux… en Bretagne »
Pour ces messages pleins d'humour
Pour ces gestes pleins de douceur…
Merci…

Pour ces fous rires partagés
Pour ces nuits à chanter
Pour ces matins douceur
Pour ce canapé en plume…
Merci…

Pour ces silences appréciés
Pour ces regards échangés
Pour ces kilomètres à pied
Pour ces chaussures de randonnée…
Merci…

Pour ces repas ensemble cuisinés
Pour ces apéros culture
Pour ces moments indécis
Pour ta main dans ma main…
Merci…

À mes aïeux…

Et puis il y a ma famille,
Grande, qui s'éparpille, des brindilles
Sous le vent capricieux de la vie
Elle est fidèle à mes racines hispaniques
Sur mes cheveux comme une mantille

Parfois pesante, toujours présente,
Générations qui sc succèdent si différentes
Liées, mailles entrelacées transparentes
Tissant le lien d'une accolure attachante
Souvenir d'une histoire déchirante

Racines lointaines d'une terre de soleil
Nous avons grandi loin du nid existentiel
Blessés dans nos cœurs par un départ sacrificiel
Regards hagards s'arrachant du lieu originel
Laissant sur nos corps un onguent de fiel

De ce pays adoré si souvent raconté
Nos enfants ne garderont que les souvenirs contés
Que les mots dispensés dans des moments partagés
Autour d'une grande tablée ou lors d'apartés
Souvenirs triés, mémoire exaltée, horreurs cachetées…

Algérie, je porte en moi les traces de ton passage
Dans mon sang coule la chaleur de ton paysage
Dans mon cœur résonnent les chants de tes adages
Sur mon corps le goût puissant de tes cépages
En moi la force sauvage de tes orages.

La recette de ma mère

Les frangines c'est mouvance
À quatre, moments intenses

N° 1 c'est délivrance
Introspection des sens
Absence d'apparence
Être soi sans diligence

N° 2 c'est prudence
Elle tire sa révérence
Conjugue la tolérance
Et accumule les imprudences

N° 3 c'est arrogance
Toujours en partance
Elle flirte avec l'irrévérence
Mais toujours avec élégance

N° 4 c'est exigence
Elle éduque sur référence
Pratique tout sur ordonnance
Et déteste la négligence

Alors pour un bonheur immense
Manipuler l'ensemble avec déférence

Un zeste de n° 1
Un soupçon de n° 2
Une pincée de n° 3
Saupoudrer de n° 4
À déguster de préférence
Accompagné d'un pas de danse
Qui saura mettre en évidence
Les arômes de toutes ces différences.

Garde à vous… câlins

Il est debout altier et fier
Il parade, vêtu de ses atours
Il épie, surveille, toujours sévère
Compte, recompte sans détour
Il invite, refoule, interfère
N'autorise aucun recours
Ses choix sans appel nous sidèrent
On les discute encore et toujours
En espérant qu'il lâche l'affaire.
Sur ses mains chaque jour
Il enfile des gants de fer
Nous couve de ses yeux de velours
Et si on pense que c'est galère
D'être sous le joug de son amour
On apprécie la vie prospère
Qu'il nous construit avec bravoure
Et en duo avec ma mère
Il a su faire en trois p'tits tours
De jolies femmes à part entière
De ses quatre filles si fières de lui.

Charade

Mon premier c'est Mathieu
Chaque jour plus facétieux,
Tel un diable elle a surgi
Et bouleversé d'un coup sa vie
Il la surnomme « petite chérie »

Mon deuxième c'est Ludovic
Son objectif c'est d'être un flic
Sur la piste, elle lui a souri
Et c'est pas l'froid qui l'a transi
Il la surnomme « petite Marie »

Mon troisième c'est David
De la vie il est avide
Quand son regard il croisa
Elle le mit dans tous ses états
Il nous murmure « elle s'appelle Clara »

Mon tout c'est l'histoire de ma vie
Même si parfois j'implore le ciel
Pour qu'il m'envoie de l'énergie

Le plus souvent, je m'émerveille
D'avoir trois fois donné la vie
À des bonhommes exceptionnels
Qui effacent chaque jour le gris
Et me dessinent un arc-en-ciel.

Mathieu…

Il entre,
Je l'ai vu de loin
Traverser le jardin
De sa démarche féline
Ses pas sur la terrasse en bois
Mon cœur explose de bonheur
Sait-il l'immensité de mon amour ?
Il me domine de sa grande taille
Se penche et m'embrasse
Non il m'effleure… me survole
Je sens son odeur, si particulière
Je la connais si bien
Son esprit est ailleurs
Il prend possession de l'espace
Allume toutes les lumières
« Il fait sombre ici »
Pose son sac dans sa chambre
Vérifie le feu
Remue les braises
Rajoute une bûche
Me lance des phrases

Dont il n’écoute pas la réponse
Se met en cuisine
Toujours en mouvement
« Tu bois quelque chose ? »
Il évite mon regard
Il sait que je sais
J’ai vu, quand il est entré
Les nuages dans son regard
De gros nuages noirs
Qui assombrissent son regard bleu
Combien de temps reste-t-il ici ?
Aurais-je assez de temps
Pour souffler les nuages
Et laisser apparaître le soleil
Dans ce regard adoré ?
« À table moum ! »

Camille et Ludovic

Il est tel un héros des lettres persanes
Elle a, dit-on, une beauté diaphane
Il parle, il rit, il bouge, il court,
Elle écoute, sourit, observe, elle est pour…
Droit dans ses bottes il assène des vérités
Elle tempère, à la recherche d'équité
Il s'emporte, tempête,
Elle calme, rouspète,
Il s'assoit, il l'écoute…
Dans ses yeux la tendresse
Elle parle comme une caresse
L'enrobe, fait la prouesse
De l'entraîner tout en délicatesse
Dans un monde de souplesse

De ces deux êtres qui se mélangent
Comme un cadeau des anges
Est né un pctit archange…

Nathanaël

Mon petit pot de miel
Que je butine comme une abeille
Et dans le cou de ma merveille
L'odeur divine à son réveil
J'entends alors dans mon cœur en sommeil
Des battements sourds qui me réveillent
Ils me murmurent à mon oreille

C'est ta merveille…
C'est ta merveille…

Que la vie alors me semble belle
Auprès de mon petit pot de miel
Petit ange descendu du ciel
Je lui murmure des ritournelles
Pour voir dans ses yeux des étincelles
Et entendre son rire qui m'émerveille
Nathanaël
Petit pot de miel

T'es ma merveille…
T'es ma merveille…

Dadou…

Mais qui vois-je à l'horizon ?
Ne serait-ce pas mon Dadou ?
Éternel petit bout de chou
Devenu un homme
Tu es comme un bijou
Brillant et précieux
Tu joues à pousse caillou
Du bout de ton pied
Tu pousses et repousses
Les moments de douceur
Mais que cache ton cœur ?
Je te supplie à genou
Fais-moi confiance
Raconte-moi tes rêves
Tes rêves les plus fous
Tes rêves de grandeur
Tes rêves de bonheur
Et tu auras un poutou…

À Elisa…

Comme un rayon de soleil
Tu es entrée dans ma maison
Ton sourire a illuminé mon cœur
Tes yeux noirs et pétillants
Disent sans détours tes pensées
Petite fille joueuse et impatiente
Jeune fille entourée d'amis
Femme qui fait le bonheur de mon fils
Tu construis chaque jour
La vie dont tu rêves
À coup de fous rires et de grands cris
Entourée de toute une ribambelle
D'amis, de tontons, de tatas, de papis, de mamies
Tu ne lâches rien
Boudeuse, enjôleuse ou coléreuse
Tu pianotes sur la gamme
« Qui va du grand sourire aux larmes »
Tu domptes, tu apprivoises, tu résistes
Et souvent… bien souvent…
Tu as le dernier mot
Ou… la dernière mou

Petite fille du soleil
Un jour, tu seras mère
Et j'envie en secret
Cet enfant qui grandira à tes côtés.

Elle…

Indomptable et divine
Parée de sa marinière
Elle nous observe.
Où suis-je ?
Pourquoi tant d'Amour ?
Qu'est-ce que ça cache ?
Qui sont ces gens
Qui me câlinent et me consolent ?
Je n'ai pas l'habitude moi
De tant d'attention.
Oubliez-moi une seconde !
Laissez-moi respirer…
Mais… ne partez pas
Riez, pleurez, buvez
Levez votre verre à ma santé
Je vous aime…

Table des matières

Imprimé en France
Achevé d'imprimer en février 2023
Dépôt légal : janvier 2023

Pour

Le Lys Bleu Éditions
40, rue du Louvre
75001 Paris